KB056123

네가 청둥오리였을 때
나는 무엇이었을까

성선경

1960년 경상남도 창녕에서 태어났다.

1988년『한국일보』를 통해 시인으로 등단했다.

시집『파랑은 어디서 왔나』『석간신문을 읽는 명태 씨』『봄, 풋가지行』『진경산수』『모란으로 가는 길』『몽유도원을 사다』『서른 살의 박봉 씨』『옛사랑을 읽다』『널뛰는 직녀에게』『아이야! 저기 솜사탕 하나 집어 줄까?』『까마중이 머루 알처럼 까맣게 익어 갈 때』, 시선집『돌아갈 수 없는 숲』, 시작에세이『뿔 달린 낙타를 타고』, 산문집『물칸나를 생각함』, 동요집『똥뫼산에 사는 여우』(작곡 서영수)를 썼다.

고산문학대상, 경남문학상, 마산시문학상 등을 수상했다.

파란시선 0061 네가 청동오리였을 때 나는 무엇이었을까

1판 1쇄 펴낸날 2020년 7월 10일
지은이 성선경
디자인 최선영
인쇄인 (주)두경 정지오
펴낸이 채상우
펴낸곳 (주)함께하는출판그룹파란
등록번호 제2015-000068호
등록일자 2015년 9월 15일
주소 (10387) 경기도 고양시 일산서구 중앙로 1455 대우시티프라자 B1 202호
전화 031-919-4288
팩스 031-919-4287
모바일팩스 0504-441-3439
이메일 bookparan2015@hanmail.net

ⓒ성선경, 2020, printed in Seoul, Korea

ISBN 979-11-87756-72-9 03810

값 10,000원

네가 청동오리였을 때
나는 무엇이었을까

성선경 시집

생각하면
가장 좋은 말이 안분(安分)이다.
하늘과 땅, 부모, 형제,
그리고 곁을 준
여러 분들의 덕분으로 산다.
꽃과 나비가 그러하고
까치와 버드나무가 그러하고
달밤과 벗이 그러하다.
생각하면 가장 좋은 말은
곁을 준다는 말
나도 이제 선선히 곁을 주고 싶다.
그대에게,
그대의 그대에게.

차례

시인의 말

해설

제1부 낡은 안락의자

돋을 별

퇴직 이후
안경을 벗고 지내는 시간이 길어졌다
알은체를 하지 않아도 되는 때가 많아졌다
한 걸음 물러서야 내가 더 잘 보이듯
눈이 흐린 만큼 마음만은 다시 맑아
드디어 천국의 문도 보인다.

밝은 별빛이 눈을 찌른다.

노을에 기대어

가을의 단풍을 보려거든 그 자태만
볼 게 아니라 그 아득함을 보아야 하리
저녁의 노을을 보려거든 그 붉음만
볼 게 아니라 그 막막함을 보아야 하리
수령이 사백 년이라는 고향 어귀의
두 그루 은행나무와
두 그루 느티나무가 단풍 들었다
아득하게
막막하게
단풍 들었다
저녁노을도 곱게 단풍 들었다

아버지 가신 지 꼭 일곱 달 만이다.

한참

내가 너에게 가는 길은 멀고 멀어 한참
걷고 걸어도 닿지 않는 길 한참
가다 쉬다 걷다 쉬다 아주 한참
술이나 한 잔 하고 갈까
담배나 한 대 하고 갈까
걷고 걸어도 닿지 않는 길 한참
가다 쉬다 걷다 쉬다 아주 한참
내가 너에게 가는 길은 닿지 않는 길 한참
한 삼십 리만 걸으면 될 것 같아서
걷고 걸어도 닿지 않는 길 한참
영원히 닿을 수 없는 길 한참.

낡은 안락의자

한때 숲이었던 건 잊어야 해
한때 나무였다는 건 꼭 잊어야 해
이 층 테라스의 늙은이를 안고
노을이, 붉은 노을이 되어야 해
한때 사람이었던 건 잊어야 해
한때 가장이었다는 건 꼭 잊어야 해
낡은 가구에 몸을 얹고
흔들, 흔들거리는
그림자가 되어야 해
똑같은 모습의
똑같은 일상들
사방 무늬가 되어야 해
흔들흔들 안락하게
안락한 사방 무늬가
사방 무늬가 되어야 해
한때 숲이었던 건 잊어야 해
한때 나무였다는 건 꼭 잊어야 해
이제는 조용한 삼인칭이 되어야 해.

다초점 돋보기안경 1

나는 시답잖은 시나 쓰는 시인이고

내 귀한 후배 시인 창우는 여월(如月)에도 바빠 가덕 동백
도 보러 못 가는데

울 어머니는 화단에 겨울초를 심어 유채꽃을 기르시는
중이다

꽃답다는 건 또 뭐냐?

나비는 실속도 없이 온 봄날 팔랑거린다

나는 마루에서 소리꾼 장사익의 찔레꽃이나 듣는데

임용 고시에 떨어진 딸이 어느새 커피를 끓여 내온다

역시, 꽃샘도 춘기(春氣)를 이기진 못해

실속이 없어도 봄날이 좋다.

다초점 돋보기안경 2

나는 이제 문예지를 읽기가 싫어졌다네

어제 읽은 시(詩)와 오늘 읽은 평문(平文)에 꽃멀미를 하지

나는 빨강 나는 빨강 붉은 입술만 내밀면

나는 노랑 나는 노랑 노란 부리로 귀를 세우지

그럼 저렇게 파랗게 세운 콧날은 또 어떻게 하나?

이제 나는 눈이 나빠 그 싸움엔 끼어들기가 싫어

신문을 펼쳐 오늘의 운세나 읽으며 커피나 타지

책들은 자꾸 쌓여 거실 한켠을 서고로 만들고

아내는 청소기를 돌리며 자주 눈치를 주지

빨강 빨강 노랑 노랑, 꽃들은 쉽게도 시들어

지난 호 위에 또 지난 호, 새 문예지가 쌓이고

나비도 날아오지 않는 꽃이 무슨 꽃이냐?

나는 읽지도 않은 책들을 아주 잘 쌓아 두지

느긋한 햇살은 좀처럼 창문에 비치지도 않아서

나는 이제 문예지를 읽기가 싫어졌다네.

몽환(夢幻)

경북 달성의 사문진 나루
강물은 내 그림자를 싣고
쉼 없이 흘러가고, 한참 동안
햇볕을 쬐던 나는 어디에 갔나?
영혼의 휘발, 시간의 휘발
강변의 왕버들만 멍하니 강물을 바라보고 있었다
억새가 하늘거리는 햇살 맑은 가을의 하오
참 나는 어디론가 날아가 버리고 왕버들만
흐르는 강물에 제 그림자를
물끄러미, 물끄러미
한낮의 휘발, 마음의 휘발
햇볕을 쬐던 나는 어디에 갔나?

방심(放心)

꽃 진 자리
꽃 진 자리
나는 한참을 쓸지 않으리
오랫동안 지난봄을 기억하리
연두를 넘어 초록을 넘어
녹음에 가닿으리
녹음을 넘어 새봄까지 가리
분홍, 분홍 꽃 진 자리
나는 차마 쓸지 않으리
마음조차 놓아 버리리.

별리 1

산까치 울음 뒤에도 꽃이 피고
하현달 아래서도 꽃은 진다네
꽃이 환하게 펴도 봄날
꽃이 쏴하게 져도 봄날
소쩍새 우는 사연이야 어디든지 있다네
사랑 그림자조차 데리고 떠나가는
꽃밭 속의 저 나비도
다 알진 못할 봄날.

별리 2

배추흰나비가 아무리 예뻐도
채마밭 열무꽃이 늘
봄날만 같을 순 없다네
강을 만나 잠시
주인 없는 배를 빌려 타고
마음을 다해 물을 건넜을 뿐
빌려 탔던 배를 데리고
함께 산길을 갈 순 없었다네.

별리 3

달빛 아무리 환해도
바람 불면 구름은 흩어진다네
마음의 강 이쪽과 저쪽
비에 젖어 머리를 풀어헤친
수양버들 몇 그루
물끄러미 강물에 제 얼굴을 담그고
아니, 그게 뭐라고
달빛에도 그림자가 붉다네.

삶, 소서(小暑)

웽 웽
한 마리의 모기 때문에
내 뺨을 내가
후려쳤던 적도 있었다
생각하면
후회가 때늦은 저녁이 있었다
달도 기운 밤 촛불도 없이
이불 속에서 혼자 목 놓아 운 적도 있었다
돌아보면 그 모든 날의 어둠
후회가 밀물 드는 밤이 있었다.

검불 생각

걱정을 해서 걱정이 없어진다면 정말 걱정 없겠네
걱정을 해서 걱정이 없어진다면 아무 걱정 없겠네
걱정을 해서 걱정이 없어진다면 진짜 걱정 없겠네
걱정을 해서 걱정이 없어진다면 그냥 걱정 없겠네
걱정을 해서 걱정이 없어진다면 항상 걱정 없겠네
걱정을 해서 걱정이 없어진다면 이젠 걱정 없겠네
걱정을 해서 걱정이 없어진다면 아주 걱정 없겠네
걱정을 해서 걱정이 없어진다면 영영 걱정 없겠네

비

　머리는 없고 토슈즈만 있다, 가슴은 없고 토슈즈만 뛰어다닌다, 다리도 없고 종아리도 없고 토슈즈만 음계를 밟는다, 몸통은 모두 없고 토슈즈만 바쁘다, 발목 위는 없고 다 없고 토슈즈만 뛰어다닌다, 그림자도 없이 토슈즈만 뛰어다닌다, 흙먼지 위의 흙먼지 위를 토슈즈만 뛰어다닌다, 연잎 위에 물방울이 또르르 구른다, 물방울 위의 물방울 청개구리가 한 마리 또다시 뒷발에 힘을 모은다.

얼룩얼룩

　어미 소는 팔려 가고, 송아지 혼자 외양간에서 엄니 엄니 운다, 울먹울먹 늙은 상주 같다, 장례식장에서 소고기 국밥을 앞에 두고, 늙은 상주가 엄니 엄니 운다, 외양간에 홀로 남겨진 얼룩얼룩 송아지 같다, 술을 곡차(穀茶)라 한들 안 취한다더냐, 인생은 맵고 쓰고 짜다, 빈 외양간이 광야 같다, 밥숟가락이 십자가 같다.

탐매(探梅)

세상은 늘 너무 이르거나 너무 늦다
열 시에 약속인데 여덟 시 십 분에 도착했다
이제 이 긴 시간의 꼬리를 어떻게 하나?
빨리 가라면 느리게 가고
느리게 가라면 빨리도 가는
저 베짱이,
너를 어떻게 길들여야 하나?
세상에는 참하게 마땅한 건 잘 없어
늘 조금 길든가, 조금 짧든가
영 길면 자르기라도 할 텐데
영 마뜩찮아, 마땅치가 않아
열 시에 약속인데 여덟 시 십 분에 도착했다
이제 이 긴 시간의 꼬리를 어떻게 하지?
베짱아! 베짱아!
이제 너를 어떻게 길들여야 하지?
빨리 가라면 더 느리게 가고
느리게 가라면 더 빨리도 가는
베짱이, 저 베짱이.

가장

가장은 가장자리에 앉는 사람
가운데 자리는 자식에게 식구에게
다 내주고 모서리에 앉는 사람
살 깊은 가운데 토막은 슬그머니
자식들 앞으로 밀어 놓고
가시 살을 발라먹는 사람
나는 이렇게 모서리에 앉아도
너는 그러지 말아라!
슬그머니 모서리로 나앉는 사람
밥 한술 들어서 슬그머니
아이들 밥그릇에 얹어 주는 사람
할 말이 아주 많은 사람
그래도 아무 말도 못 하는 사람
돌아서서 푹푹 한숨 쉬는 사람
늘 가장자리에 앉는 사람
아무도 알아주지 않는 사람
알고 보면 속이 텅 빈 사람
있는 듯 없는 듯 늘 우리 곁
그 자리에 있는 사람
가장 못난 사람

가시 살을 발라먹는 사람.

11월

다시 가면 영영 돌아오지 않을 노래여
그리움 목메이게 마음껏 붉어라
나는 지금껏
돌아가고 싶은 그날이 없어
내 흰 머리칼은 단풍도 들지 않는다.

그렇게 서슬 푸르던 세상의 잎들이
노랗게 빨갛게 물이 들 때
노래도 사랑도 낙엽처럼 다 잊히는
이미 한 해도 다 지난 옛일

이제 내 마음도 한 걸음 뒤로 물러앉는다.

떠나간 마음과 떠나지 못한 마음이
철길처럼 나란해지는 목메인 11월
나는 달의 두건을 쓰고 경건해진다.

찬 이슬에 더 초롱초롱한 별처럼.

가을의 드므

반소매에 스친 바람 기운이 서늘하니
기러기 그림자에 단풍이 더욱 붉고
지난 무더위는 어떻게 잘 이겼는지
구절초가 피자 소식 없는 친구가 그립다

하늘이 높고 까치 소리 맑으니
멀리 있는 자식이 더욱 보고파라

국 한 그릇, 밥 한 그릇, 간장 한 종지

해도 저물기 전에 서둘러 저녁을 마주하니
백일홍은 백 일도 되기 전에 벌써 지고
국화 분 유유히 저 혼자 향기로워
숭늉 한 대접에 벌써 달이 뜬다

쓸데없는 나이를 자꾸 먹으니
반주 없이도 취기가 돌아
내일은 꼭 한번 고향엘 다녀오리라
섬섬히 궁핍한 마음을 내자,
생각의 벽에 걸린 그림에 댓잎 소리가 쏴 하다.

고운봉(孤雲峰)

대웅전을 참배하고
산신각을 지나 한참 산길을 올랐을 때
그제야 부처님 생각, 울창한
나무들이 꼭 신장 같다는 생각
문득 한세상 흰 구름 같다는 생각
산을 더 올라서는 무엇하랴?
뻐꾸기가 우는데
잊을 만하면 뻐꾹
뻐꾹
문득 한세상
다 보고 왔다는 생각
흰 구름 한 생각 깨어졌다는 생각
산을 더 올라서는 무엇하리 하는 생각
어째, 부처님을 친견했다는 생각
잊을 만하면 뻐꾹 뻐꾹
문득 한세상 다 보고 왔다는 생각.

제2부 다시 뫼비우스의 띠

선정(禪定)

진짜 삶은
격정에 있는 것이 아니라 고요에 있다고
반쯤 눈을 감고 명상에 든
저 꽃을 보라

사향제비나비가 가 앉는다.

다산초당(茶山草堂)

보았다고 다 본 게 아니고
가 보지 않았다고 못 본 게 아니다
그 누구나.

행선(行禪)

쥐눈이콩 쥐눈이콩 꼬투리가
뙤약볕을 받아 곧 터질 듯합니다
쥐 눈이 쥐 눈이 쥐 눈알이
똘망똘망 까맣고 까만 게
쥐 눈이 쥐 눈이 쥐 눈알이
두리번두리번 사방을 두리번거립니다
거미줄을 치던 거미가 날름
가운데 거미줄 한가운데에 매달려
가만히, 가만히 숨을 죽입니다
햇볕이, 강한 햇볕이 거미줄을 쓱
스치듯, 스치듯 비껴갑니다
쥐눈이콩 쥐눈이콩 꼬투리가
뙤약볕을 받아 곧 터질 듯합니다
똘망똘망 까맣고 까만 게.

관솔

나이 육십,
비바람에 꺾인 가지들 다 옹이가 져
관절마다 송진이 뭉쳐 송명(松明)이 되었는데
달빛 대신 밤 어둔 저녁
불붙이면 옛날같이 참 밝기도 하겠는데
깎아 보면 무늬는 어떨는지 몰라?
쪼개 보면 그 속은 또 어떨지 몰라?
산다는 건 마디마디 옹이가 지는 일
환히 불 한번 밝혀 보지 못한
오랜 침묵의 끝자락
몸도 마음도 새옹(塞翁)의 한처럼 뭉쳐져
돌아보면 문득 솔향기가 코끝을 스치는데
어떤 향기는 오래 만진 호두 알처럼
따각따각
참 단단하다.

여덟 시 사십오 분

어쩜, 세상은 무엇이라 규정할 수 없는 애매한 것들로 범벅되어 있다. 어쩜, 여덟 시 사십오 분도 그렇다 가령, 오전이면 내 후배 최 선생이 교장의 길어진 훈화 때문에 시계를 보다 하품을 할 쯤이고 어쩜, 일 교시가 국어인지 영어인지 명희가 그 옆 짝지 예지에게 물어볼 시간이고, 화장실을 다녀온 기간제 김 선생이 어쩜, 출석부를 챙겨 들고 책과 지도안을 포개 들 시간이고, 가령 오후라면 예지가 명희에게 야자 끝나면 무얼 할 것인지 어쩜, 지나가는 투로 물어볼 시간이고 어쩜, 백수는 아홉 시 뉴스를 들을까? 말까? 생각하는 시간이고 어쩜, 내 친구 칠수는 횟집을 나와 생맥줏집으로 들어갈 시간이고, 나는 여덟 시 사십오 분이 시간이기도 한 것 같고 공간이기도 한 것 같다는 생각을 하면서 어쩜, 머리를 긁적거릴 것이고, 여덟 시 사십오 분 어쩜, 참 애매하다 세상에는 어쩜, 무엇이라 규정할 수 없는 애매한 것들이 너무 많다. 오전인지 오후인지도 모를 여덟 시 사십오 분, 여덟 시도 아니고 아홉 시도 아닌 어쩜, 못된 것.

네가 청둥오리였을 때 나는 무엇이었을까

사랑초를 옮겨 심고 나는 하염없네
화단에는 이미 꽃 진 화초들도
아직 피지 않은 화초들도 나란한데

저기, 지난겨울에 시들어 싹도 틔우지 않은 화분엔 무얼
심을까

네가 날아다니는 것들과 하늘길을 낼 때
나는 날지 못하는 뿌리들과 꽃길을 내지

사랑초를 옮겨 심으며 나는 하염없네
이 계절엔 이미 떠난 날개들도
아직 떠나지 못한 날개들도 가득한데

이미 뿌리마저 시들어 싹도 틔우지 않는 화분엔 무엇을
심을까

천둥 천둥 되뇌면 벼락같이 올 것도 같은
네 날개가 차름차름한 청둥오리였을 때
나는 잎이 지고 꽃이 진 빈 화분

저렇게 훌쩍 떠나는 날개가 간결할까?
이렇게 뿌리를 내리는 화분이 간결할까?

사랑초를 옮겨 심고 나는 하염없네
늦어도 늦어도 늦지 않은 봄
사랑초 사랑초 나는 하염없네.

호박씨를 까는 여자

중요한 것은 나이가 아니라 삶의 태도지
밥상머리에 앉아서도 조신하게 톡 톡
입술을 오물거리며 무얼 하는지 남들이
눈치를 채지 못하게 호박씨를 깔 줄 알아야지

너무 뻔한 스토리는 늘 식상하지

밥상 앞에서 남들은 김치에 된장을 얹어
입이 찢어지게 먹든 말든
밥 한술에 김 한 장 달랑 얹어
한참을 망설이다 슬그머니
입술을 오물거릴 줄 알아야지

세상을 거저 그렇게 알아서는 안 되지

밥상머리에서도 그냥 밥만 먹는 게 아니지
너무 단순하게 생각하는 것은 질색이야
아무도 모르게 오물거리며 눈치를
줘 가며 호박씨를 까는 거지 톡 톡
금방 알아채면 재미가 없어 조신하게

중요한 것은 나이가 아니라 삶의 태도

보일 듯 말 듯 톡 톡.

보리밭과 까마귀

우리에겐 겨울이 있어야 하네

동지 소한 대한의 꽝꽝 언 엄동과
어금니를 악다문 서릿발이 있어야 하네
서릿발 위에
성큼성큼 총총총
발자국과 밟힘이 있어야 하네

시위를 떠난 화살촉 같은 눈총
날아오는 욕설
뭉친 마음
돌멩이

시퍼렇게 언 볼과 손바닥과 따귀가 있어야 하네

빨랫줄처럼 팽팽 당겨지는 겨울
저기 가옥가옥 넝마같이 흔들리며 걸린 달
서릿발로 돋는 푸른 소름

눈보라와 찌를 듯 곧게 자라는 고드름이 있어야 하네

개나리꽃같이 피는 슈슈슈 햇살보담도
우리에겐 꽝꽝꽝 겨울이 있어야 하네

서릿발 위에
성큼성큼 총총총
발자국과 밟힘이 있어야 하네.

너라는 이름의 무게

나비, 나비 부르면
나비는 꽃잎같이 팔랑거린다
꽃잎은 또 어떻고
뭉게구름같이 늘 뭉게뭉게

너라는 이름에는
너의 얼굴,
너의 마음,
너의 무게,
너의 사상이 담겨 있어
아주 하찮은 잔기침까지 다 담겨 있어

나비, 나비 부르면
고양이같이 다가와 야옹거리고
꽃, 꽃, 꽃 하면
암탉이 병아리 떼 쫑쫑쫑
구름, 구름 하고 쳐다보면
하늘 세상은 잘도 굴러 간다

한 호흡에도 너는 열 개의 거울이 빤히 비춰 줘

너라는 이름의 모든 호칭은 돌쟁이 손자같이 무겁다

천년을 걷고도 아직 걸어가고 있는 돌거북.

다시 뫼비우스의 띠

길은 아직 계속되고 있다

명퇴서를 내고 나서 교감이 된 나와
교감이 되고 나서 명퇴를 한
내 친구와는 얼마나 다르고
또 얼마만큼 같은가?

나는 내가 사륜구동인 줄 착각하지만
여기는 돌, 자갈, 비포장도로

요절한 후배의 추모사를 쓸 때
삶과 죽음은
얼마나 멀고
또 얼마나 가까운가?

다시 오월이 되고
담장 너머로 장미 넝쿨이 꽃을 피우고
올해에는 꼭 끊는다는 담배를
나는 아직도 피우고 있다
길은 어디서 끝나는가?

안과 밖, 어딜 가도 비포장도로
나는 내가 전천후인 줄 착각하지만
길은 비포장, 아직 계속되고 있다
저기! 긴 행렬을 이루고 있는 가로수들

길은 정말 어디서 장렬히 끝나는가?

능수버들

물가에 어린애를 내논 엄마가 울고 있다
산발한 머리 쥐어뜯으며 엄마가 울고 있다
아이야 어디 갔니?
아이야 어디 갔니?
물에 비친 제 그림자를 붙들고
산발한 머리 엄마가 울고 있다
내 아이!
내 아이!
어린애를 물가에 내논 엄마가
밤낮없이 머리를 풀고 울고 있다

쇠절구처럼 무거운 마음
얼마나 벼리어야 바늘처럼 날카로워지나?
바늘처럼 귀를 가지게 되나?

퀵

무심하기가 아프리카 물소 같지만
알고 보면 저돌적이다, 아프리카 물소처럼
순식간에 달려든다, 돌진한다
큰 덩치에 비해 순한 눈
여기에 우리는 번번이 속는다
무심한 듯하다가 순식간에 달려든다
저 아프리카 물소의 큰 뿔
굳건히 딛고 선 네발
무심한 듯하다가 순식간에 달려든다
아프리카 물소처럼 무심하단 말
잘못됐다, 알고 보면 저돌적
지축을 울리는 요란한 발자국
순식간에 달려든다, 돌진한다
호박씨를 까는 건가요?
큰 덩치에 비해 순한 눈
여기에 우리는 번번이 속는다
속고야 만다, 저 아프리카 물소.

글피

내일 모레면 몰라도 글피는 너무 먼 미래, 한 밤 자고 또 한 밤 자도 너무 먼 미래, 내일 모레면 몰라도 글피는 글 쎄, 하루 지나고 또 하루 지나도 오지 않는 너무 먼 미래, 그새 두릅 잎은 너무 억세 먹지 못하게 되고 머위는 쓴맛 이 더 받치지, 내일 모레면 몰라도 글피는 너무 먼 미래, 당신이 잠든 뒤 별들도 잠든 뒤 소곤거리는 소리, 내일 모 레면 몰라도 글피는 너무 먼 미래, 한 밤 자고 또 한 밤 자 도 너무 먼 미래, 아이들은 벌써 자라 저녁이 늦어도 돌아 오지 않고, 나는 어제 한 약속도 종종 잊어 먹지, 내일 모 레면 몰라도 글피는 글쎄, 하루 지나고 또 하루 지나도 오 지 않는 너무 먼 미래, 한 밤 자고 또 한 밤 자도 먼 미래, 다시는 돌아오지 않을 것 같은 그대, 내일 모레면 몰라도 글피는 글쎄.

호두까기

호두를 깐다, 정월 보름도 아닌데
저 딱딱한 것 부숴 버리고 보면
속에는 무슨 생각에 잠긴 뇌
예술이란
딱딱한 껍질을 깨는 것이라
살바도르 달리는 말했다는데
정월 대보름도 아닌데 호두를 까는 이 마음
정월의 부럼을 깨듯 깨무는 이 마음
살바도르 달리는 어떻게 알아챘을까?
저 딱딱한 것
부숴 버리고 보면 그 속에는
기름진 생각, 기름진 주름
끝내 다 펼쳐 보여 줄 수 없었던
깊은 생각에 잠긴 뇌가
겁이 나는 듯, 잔뜩 겁이 나는 듯
태아처럼 웅크리고 있다
저 딱딱한 껍질 안에서.

햇살 얼룩

몸을 웅크린 남자 하나
꼭 고양이 같다
꼭 쥐를 노려보는 고양이 같다
꼭 쥐를 덮칠 것 같은 고양이 같다

햇살이 생각의 눈을 찌른다

고양이는 튀어 올라 쥐를 덮칠까
고양이는 쥐를 물고 다시 제자리에 앉을까
고양이는 쥐를 물어다 놓고 무슨 생각을 할까

생각과 생각 사이를 햇살이 가른다

흑백영화에도 밤과 낮이 있어
빛의 그림자가 얼룩을 남길 때
몸을 웅크린 남자 하나
꼭 고양이 같다.

해음(諧音) 1

예전에 '무'는 '무우'였는데
그때는 '무 맛'이 '무우 맛'이었는데
'무우'가 '무'가 되고 나서는
'무맛'이 되었다
나는 아직도 '무우 맛'을 기억하는 사람
긴긴 겨울밤
토굴에서 꺼내 온 '무우' 한 쪽
깊고 시원한 '무우 맛'이었는데
그런데 그 맛을 '무맛'이라니?
맵싹하고 시원 칼칼한
그 맛을 '무맛'이라니?
아! 이제 어떻게 해야 하나?
같이의 가치를
'무우 맛'이 '무맛'이 되어 버린
고향의 토굴에서 갓 꺼내어 온
저 '무우'를.

해음(諧音) 2

내 친구 중에는 '고정식'도 있고 '이동식'도 있다
'고정식'이라고 늘 한자리에 붙어 있는 것도 아니고
'이동식'이라고 늘 싸돌아다니는 것도 아니다
가끔 '고정식'이 '이동식'을 찾아가 밥을 먹기도 하고
'이동식'이 '고정식'을 불러내기도 한다
연말이면 '고정식'이 술자리를 만들어
'이동식'을 불러 나와 한자리에 불러 앉힌다
나는 자주 '이동식'과 붙어 다니지만
어떨 때엔 '고정식'과 싸돌아다니기도 한다
'이동식'도 곧잘 한자리에 잘 붙어 있기도 하고
'고정식'도 어딜 가면 곧잘 따라나선다
셋이 함께 어울려 영화를 볼 때도 있는데
끊임없이 돌아다니는 화면을 보면서도
'고정식'이나 '이동식'이나 별 불평 없이 앉아
팝콘 한 봉지를 서로 나눠 먹을 때도 있다
사람들이 간혹 서로 어울리지 않는다고
놀리기도 하지만 나는 괜찮다. 왜냐면
그저 이름만큼 답답하진 않기 때문
'고정식'이라고 늘 한자리에 붙어 있는 것도 아니고
'이동식'이라고 늘 싸돌아다니는 것도 아니기 때문.

해음(諧音) 3

우리는 가끔 '더럽다'를 '드럽다'라고 한다
우리는 가끔 '쌀'을 '살'이라고 한다
우리는 가끔 '팔'을 '폴'이라 한다
우리는 가끔 '무'를 '무시'라 한다

저 드러븐 새끼에게 먹이겠다고
무거운 살을 들고 여기까지
마 폴이 빠질 것 같다
인사도 모르는 저 무시같이 밍밍한 놈을
그래도 사람이라고

그래도 우리는 다 알아듣는다
참 희한하다.

해음(諧音) 4

사는 일 별게 뭐 있나
아이들은 다 집을 떠나 제 갈 길로
남은 부부 둘 밥상머리에 앉았는데
조촐한 밥상머리
날마다 그 찬에 그 밥이지만
농 삼아
김치를 '진수'라 하고
된장을 '성찬'이라 하는데
우리는 진수성찬에
날마다 배가 부르다네
있으면 있는 대로
없으면 없는 대로
바람 부는 대로 물결치는 대로
사는 일 별게 있나, 뭐
우리 부부 둘 밥상머리에 앉아
날마다 그 찬에 그 밥이지만
김치를 '진수'라 하고
된장을 '성찬'이라 하니
우리 밥상은 늘 진수성찬
날마다 그 찬에 그 밥이지만

늘 진수성찬.

해음(諧音) 5

노각은 처음부터 늙은 오이
아무런 깨달음도 없이 늙었네
한로와 상강 사이
손발이 시리고 살이 트네
나도 이제는 잎과 줄기를 거두고
생각과 사유를 멈추어야 할 때
아무런 빛남도 없이 늙었네
오이와 노각 저 호명(呼名) 사이
내 젊음의 한때도 이미 늙은이
내 여름의 한철도 이미 늙은이
아무런 깨달음도 없이 나는 늙었네
아무런 빛남도 없이 나는 늙었네
나는 이제 무엇으로 남아야 할까?
한로와 상강 사이
이가 시리고 혀가 굳네
모든 풀잎들이 잎을 거둘 때
참외도 물외도 되지 못한
내 여름의 지난 한철은 무엇으로 기억될까?
노각은 처음부터 이미 늙은 오이
나는 이제 무엇을 버려야 하나

나는 이제 무엇으로 남아야 하나
한로와 저 상강 사이.

제3부 적막 상점

적막 상점 1

글 한 줄 적고 담배 한 대
또 글 한 줄 적고 담배 한 대
다시 한 줄 적고 담배 한 대
쓴 글 지우고 다시 담배 한 대
지운 글 고쳐 보고 담배 한 대
지운 글 다시 적고 담배 한 대
영 아니다, 고개 흔들며 담배 한 대
다시 글 한 줄 적고 담배 한 대
또다시 글 한 줄 적고 담배 한 대
못 쓴 글 다 지우고 다시 담배 한 대
지운 글 다시 고쳐 보고 담배 한 대
아니다, 아니다, 고개 흔들며 담배 한 대
꽁초, 꽁초, 꽁초, 다시 꽁초
손님은 아니 오고 달빛만 기울어
저기, 수북한 생각의 재떨이
다시 글 한 줄 적고 담배 한 대.

적막 상점 2

내 꿈은 잠시 조는 것
점심 전이거나 저녁 전
아무 생각 없이 잠시 조는 것
고향 뒷산의 소나무를 생각하거나
오래전 내가 올랐던 배바위를 생각하며
아주 잠깐 조는 것
책을 읽거나
글을 쓰거나
기도를 하지 않고
내 꿈은 잠시 조는 것
점심 전이거나 저녁 전
아무 생각 없이 잠시 조는 것
어제 만났던 사람의 생각을 비우고
내일 해야 할 일들을 모두 잊고서
아주 잠깐 조는 것
나의 하느님도 잠시 한눈팔 시간을 좀 줘야지
저 풍경들도 잠시 놓여나 적막을 좀 팔아야지
적막, 적막 내 꿈은 잠시 조는 것
점심 전이거나 저녁 전
아무 생각 없이 잠시 조는 것.

적막 상점 3

나는 이제 어떤 취미를 사도 좋아
아흔아홉 고개를 이미 지났으니까
돌멩이를 주워 모아 탑을 쌓거나
스스로 먼지를 덮어쓰고 골동이 되거나
낡은 우표 책을 뒤적거리거나
나는 이제 어떤 취미를 사도 좋아
배추밭의 배추벌레가 되거나
새벽 산의 날다람쥐가 되거나
꽃을 키우는 것도 좋지
정조 때의 실학자 홍만선은
대나무를 키우거나 꽃을 가꾸라 그랬지!
꽃은 어떻게 해 보겠는데 대숲은 어쩔까?
대숲은 담양이 좋다는데
대나무 숲이나 걸어 보는 거지
그러니 나는 이제 어떤 취미를 사도 돼
버려진 글들이 모이는 헌책방의 책벌레도 좋고
실리지 않을 사진만 찍는 사진사도 괜찮겠지
이미 아흔아홉 고개를 넘었으니까
이미 아흔아홉 고비를 넘었으니까
물조루를 들고 화단을 서성거려도 좋아

아흔아홉 고개를 이미 지났으니까
나는 이제 어떤 취미를 사도 좋아.

적막 상점 4

내게 부족한 것은 딱 백만 원
이백만 원도 아니고 삼백만 원도 아니고
딱 백만 원, 그저 딱 백만 원
없는 듯, 있는 듯 딱 백만 원
이 돈만 샀으면, 있었으면 하는 생각
아이들 용돈도 좀 주고, 나도
괜찮은 옷 한 벌도 사 입고
남 따라 장에 가듯 살아 보는 딱 백만 원
어떤 시인은 연탄 이백 장만 있으면
정말 시를 잘 쓸 수 있겠다고 했다는데
내게 필요한 것은 딱 백만 원
이백만 원도 아니고 삼백만 원도 아니고
딱 백만 원, 그저 딱 백만 원
이 돈만 샀으면, 있었으면 하는 생각
친구들 술도 좀 사 주고, 나도
어디 여행이라도 훌쩍 떠나 보고
남 따라 장에 가듯 살아 보는 딱 백만 원
잡초처럼 돋아나는 이 생각 딱 백만 원
어떻게 다스릴 수 없는 이 생각 딱 백만 원
없는 듯, 있는 듯 딱 백만 원

내게 부족한 것은 딱 백만 원.

적막 상점 5

내 꿈은 단순해, 지게가 없는 삶
비루한 육 남매 맏이
한 번도 지게를 벗어 본 일이 없어
땅마지기도 없는 집 장손
내 등뼈에 붙어서 태어난 지게
정말 내 꿈은 단순해, 지게가 없는 삶
사고 싶네, 지게 없이 척 걸리는 무지개
알 수 없는 무지개는 어디에서 사는가?
색깔도 알록달록 일곱 빛깔로
알 수 없는 무지개 어디서 살까?
내 꿈은 단순해, 지게가 없는 삶
내 등뼈에 붙어서 태어난 지게
한 번도 벗어 본 일이 없는 지게
정말 내 꿈은 단순해, 지게가 없는 삶
무지개, 무지개, 무지개
색깔도 알록달록 일곱 빛깔로
무지개는 어디에서 사는가?
나는 한 번도 지게를 벗어 본 일이 없어
잘 모르는 무지개.

적막 상점 6

단추가 단추인 것은
모든 열림과 닫힘의 시작이기 때문
내가 결국 나일 수밖에 없는 것은
모든 책임과 영광이 나의 것이기 때문
나의 하루의 시작은 단추를 잠그는 일
나의 하루의 마침은 단추를 여는 일

저기 단추 하나 떨어져 있다
내 그림자를 내가 밟고 간다.

적막 상점 7

시집 한 권을 들고
숟가락으로 천천히 떠먹는다
비빔밥처럼

암소처럼 되새김하는 날이 많은 것은 저 햇살 때문

내 입맛에 꼭 맞는 날이면 후루룩
후루룩 들이마실 때도 있다
국수처럼

어떤 날은 젓가락으로 깨작깨작 떠서 먹는다

먹기 싫어도 체면 때문에
손님처럼
그릇을 비우는 날도 있다

밥상이 사막처럼 너무 건조하면
염소처럼 까만 똥을 눌 것이다 나는

멀리서부터 풀이 짙어 오는 생각

시집 한 권을 들고
숟가락으로 천천히 떠먹는다

시집 한 권을 들고
시집 한 권을 들고서

호흡처럼 삼켰다가 내뿜는 것은
지독한 저 담배 냄새 때문.

적막 상점 8

나프탈렌 하나 살 수 없는 면 소재지
영어과 처녀 선생 새로 오셨네
아침마다 굿모닝
양장 투피스에 하이힐

참 이유 없는 가려움이네

월, 화, 수, 목, 금
눈만 껌뻑거리는 시골 촌닭들

하늘은 따사로워 개나리가 피었다가 진달래가 피었다가

아침마다 새 옷에 눈을 박는데
봄날 화단은 요일마다 눈썹을 다시 그리고
적막 상점도 늘 새롭네
붉은 벽돌집 하나 없는 면 소재지

빨, 주, 남, 보, 파, 남, 보
날마다, 날마다 색깔이 바뀌는 칠면조

꿩 같기도 하고
닭 같기도 한
아침마다 굿모닝

참 이유 없는 가려움이네.

적막 상점 9

세상의 모든 일은 인력(引力)에 의해 당겨지거나 밀려나지

배가 고프면 식당이 보이지 않아
온통 커피집뿐이지
내가 한가로워지면 늘 그대는 바빠

파리채를 들면 늘 파리는 흔적도 없지

담배를 끊을까?
생각하면 담배가 땡기는 일이 생겨
세상일은 늘 이렇게 서로를 당기거나 밀지
꽃이 벌을 당기듯
입술이 입술을 당기듯

이 금도끼가 네 도끼냐?
이 은도끼가 네 도끼냐?

구름이 구름을 밀 듯
바람이 바람을 밀 듯

세상의 모든 일들은 인력에 의해 당겨지거나 밀려나지

연필을 깎을라치면 칼이 보이지 않고
칼을 찾으면 연필이 보이지 않지
파리채를 들면 파리는 흔적도 없지

내가 시간을 내면 그대는 늘 바빠.

적막 상점 10

패설(悖說)은 조개들의 수더분한 이야기
뻘 속에서 나와서 뻘 속으로 들어가지

개펄은 너무 넓고 광활해
끝도 없이 이어지지

듣는 이도
말하는 이도
노을이 진 후나 가능해

쏘주를 한 병 들이킨 듯 늘 불그스름하지

그래서 패설은 발자국같이
뻘 속에서 나와서 뻘 속으로 들어가지

새조개도
대합조개도
다 입 다무는
개펄은 너무 넓고 광활해
끝도 없이 이어지지

쏘주를 한 병 들이킨 듯 불그스름하지.

적막 상점 11

세상 사는 일이란
밥상을 차려 내는 것
고봉으로 한 상 차려 내는 것
너에게서나 나에게서나
우리 사는 일이란, 밥 퍼다 밥 퍼다
고봉으로 담아 한 상 차려 내는 일
개울만 건너도 다 손님이라는데
한 상에 올린 밥, 이 얼마나 거룩하냐?
한 상에 둘러앉으면
우리는 다 한 식구 아니냐?
자! 모두 이 밥상 앞에 모여라
너에게서나 나에게서나
우리 사는 일이란 결국
밥 한 상을 차려 내는 일
참, 밥 푸는 일
참, 바쁘다, 바쁘다.

적막 상점 12

모든 것을 끌어다

풍경으로 배치하는 다솔(多率)

배경은 편안한 와불(臥佛)

풍경이 시선을 끌어당겨

풀잎 끝의 이슬 같은 마음에 맺힌다

온몸에 기름을 붓고 부처님 전에 소신공양

등신불이 된 저 마음은 어디서 끌어왔나?

마음이 맺힌 곳에 작은 부도탑 하나

마음의 눈을 돌리면 모두가 진신(眞身)이다

나도 온몸에 기름을 붓고

소신공양, 등신(等身)이 되고 싶은 이 마음

또 어떤 시선이 끌어당겨 맺힌 이슬인가?

나는 어떤 풍경에 끌려와

여기 이 자리에 맺혔나?

만해(萬海)도 동리(東里)도 다 마음에 와 맺혀

배경이 풍경을 만드는 봉명산(鳳鳴山) 자락

나는 또 어떤 풍경에 끌려와

여기 이 자리에 배경으로 맺혔나?

소신공양, 등신이 되고 싶은

내 이 마음은 또 어떤 시선이 끌어당긴 배경인가?

풀잎 끝의 내 마음조차 이슬로 맺힌다

서룬 마음 울어 울어 봉명 다솔(鳳鳴 多率).

적막 상점 13

세상은 그렇게 단순하지가 않아
철없는 길냥이는 쓰레기 봉지만 보면
일단 찢어 보지만, 찢고 보지만
찢으면 일용할 양식이 풍성할 것 같지만
세상은 그렇게 단순하지가 않아
너는 냄새 하나로 세상을 다 아는 것처럼
봉지만 보면, 봉지를 찢고 보지만
봉지 안에 또 봉지
봉지 안에 또 봉지
길냥이처럼 너도
냄새 하나로 쉽게 벌어먹으려고 하지만
세상에는 그렇게 쉬운 공짜는 없지
찢어도 봉지 안에 또 봉지
찢어도 봉지 안에 또 봉지
내가 살아온 세상을 말하자면 공짜는 없어
세상은 그렇게 단순하지가 않아
늘 봉지 안에 또 봉지
늘 봉지 안에 또 봉지
먹거리는 꽁꽁 처매어도 냄새가 나듯이
세상에 뚫어야 하는 관문은 문 안에 또 문

문 안에 또 문, 길냥이처럼
너는 냄새 하나로 세상을 다 아는 것같이
냄새만 맡으면 일단 찢고 보지만.

적막 상점 14

책을 읽다가 소금을 먹는다
싱거운 속을 달래려 소금을 먹는다
술을 마시다 소금을 먹는다
간이 맞아야 해, 소금을 먹는다
삼겹살을 먹을 때처럼 듬뿍 찍어
먹는다, 아무리 히죽히죽
인생을 산다고 해도 인생은 간이지! 암,
간이 맞아야 해, 소금을 먹는다
문어 숙회를 먹을 때처럼 듬뿍
찍어 먹는다, 아무리 살기 편한
세상을 산다 해도 인생은
간이 맞아야 해, 소금을 먹는다
싱거운 속을 달래려 소금을 먹는다
돼지 수육를 먹을 때처럼 듬뿍 찍어
싱거운 속을 달래려 소금을 먹는다
책을 읽다가 소금을 먹는다
술을 마시다 소금을 먹는다
말에도 글에도 간이 배어야지
간이 맞아야 해, 소금을 먹는다
암! 인생은 간이지.

적막 상점 15

나는 나만의 절벽으로
그대는 그대만의 물결로
가닿고 싶다는 생각의 끝
수평선은 저만치 멀어
삼백예순날 철썩이는 파도

오늘도 어제처럼 등댓불이 켜지고

왼손이 오른손을 가만히 쓰다듬다
오른손이 왼손을 가만히 쓰다듬고

나는 나만의 절벽으로
그대는 그대만의 물결로
가닿고 싶다는 생각의 끝이
삼백예순날 철썩거려
조금은 쓸쓸한 오늘의 가슴께는
수평선처럼 저만치 멀고

부부는 먼 손을 잡아 끌어당겨
하루의 해를 걷는다

저녁노을을 빈한의 이불로 삼아
지친 어깨를 가만히 묻는다.

적막 상점 16

삶이란,
검은 보자기를 확 열어젖히면
콩나물시루 속의 콩나물들이
두 손을 머리 위에
주먹 쥐고 와와와
손뼉 치며 와와와
콩나물시루 속의 콩나물들처럼
두 손을 머리 위에 와와와
사람 한 생애란
검은 보자기를 확 열어젖히면
그저 주먹 쥐고 손뼉 치며
와와와.

매화꽃 지고 나면 매실이 연다는데
매화도 아니 피고 매실도 어딜 가고
한평생 돈 벌어 온 평생 빚만 갚아
다 살고 남은 거란 아들 하나 딸 하나
등 굽은 아내와 다 기운 집 한 채
꽃도 어디 없고 열매도 어디 없는
어디 이 삶이 검불이냐? 금불(金佛)이냐?
밤나무 참나무 상수리도 온 여름 잎을 피워
그 그늘에도 또 한세상이 숨어 있다고
가을이라 단풍 들고 바람 불어 낙엽 지면
다람쥐 청설모 도토리가 서너 된데
한평생 돈을 벌어 온 평생 빚만 갚아
꽃도 아니 피고 알찬 도토리 한 되도 없는
허업의 이것이 금불이냐? 검불이냐?
다 살고 남은 거란 아들 하나 딸 하나
등 굽은 아내와 다 기운 집 한 채
이 그늘에도 한세상이 또 숨어 있다고 허허거리는
이 삶이 어디 검불이냐? 금불이냐?

적막 상점 18

한 생각의 목숨이 끝끝내 다하면
돌이 되어 영겁에서 빛난다
항아리에 담긴 한 줌의 쌀
나는 종종 영혼의 메아리를 듣느니
귀를 곤추세우면 눈앞에의
부도탑이 종소리를 내곤 한다
낡은 구두의 뒷굽처럼
내 얼마나 걸어왔나?
바다가 없는 마을에서 태어나
장가를 들고 아이를 낳고도
바다가 그리워 우는 사내들처럼
책장에 꽂힌 책들은
늙은 활자들을 껴안고
행간 속에서 울고 있다
한 생각의 목숨이 끝끝내 다하면
돌이 되어 영겁에서 빛난다
항아리에 담긴 한 줌의 쌀에서
종종 나는 영혼의 메아리를 듣느니.

적막 상점 19

카페 밀에 가면 밤의 방이 있다
담배를 피워 물면
구름이 달빛을 빨아들이듯
내가 빨려 들어가는 밤의 방이 있다
어둠이 모든 사물을 빨아들이듯
혹, 시간이 기억을 빨아들이듯
나도 모르게 내가 빨려 들어간다
스펀지처럼 나도 모르는 사이 내가
빨려 들어간다, 밤의 방에서는
빛이 어둠을 지우고 그림자를 낳듯 담배가
낮의 기억을 낳는다, 밤이 낮의 기억을 낳는다
금세 태어났다 금세 사라지는 기억들
지워진 기억처럼 모든 하수구는
아래로 향해 있지만
밤의 하수구는 위로 향해 있다
빛이 어둠을 낳고 어둠이 빛을 낳듯
카페 밀에 가면 하수구가 위로 향한
밤의 방이 있다, 담배를 피워 물면
낮의 기억을 빨아들이는 하수구가
위로 향한 밤의 방이 있다

혹, 시간이 기억을 빨아들이듯
나도 모르게 내가 빨려 들어가는 방이 있다.

적막 상점 20

가을 하늘이 뭉게뭉게
구름을 먹고 또 구름을 낳는다
이제 시월도 넘어가는 하순
강원도 인제군 원대리 자작나무 숲
경북 봉화군 만수산 금강소나무 숲
절후(節候)도 찬 기운을 먹고 서리를 낳아
흰 구름처럼, 이제 곧 사람들도 모두
두껍고 두꺼운 외투를 찾게 되리라
모든 기억은 새가 되어 날아가고
이제 곧 논밭이 눈밭이 되리라
겨울이 함박함박 함박눈을 불러와
자작나무 소나무 가지 뚝 뚝
부러지는 소리
듣게 되리라.

그대의 곁, 적막에 기대어

장철환(문학평론가)

1. 곁을 준다는 말

말을 해서 해가 되는 때가 있고, 말을 하지 않았으나 득이 되지 않는 때가 있다. 말을 해야 하는 자에게 있어 낭패(狼狽)의 시간은 그렇게 온다. 자연스럽게 그렇게 되는 것들에 대해 말할 때가 그렇다. 자연 속에서의 안분지족(安分知足)이라면 더욱 그렇다. 그것으로써 충분한 것들에 대해 무슨 말을 보탤 것인가. 입에서 나온 것 중에 겨우 해가 되지 않는 것이 있다면, 그건 호흡뿐이리라.

허나 그러한 경우라도 말을 해서 득이 되는 때가 있는 법. 시인의 말이 그렇다. 감사의 마음에서 나온 말이라면 더욱 그렇다. 이때 말의 많고 적음은 문제가 되지 않는다. 좋은 말은 반복의 문제가 아니라 태도의 문제이기 때문이다. 그러니 적은 말의 태도와 많은 말의 태도가 서로 같지 않을 이유도 없겠다. 둘은 "곁을 준다는 말"에서 하나다.

생각하면

가장 좋은 말이 안분(安分)이다.

하늘과 땅, 부모, 형제,

그리고 곁을 준

여러 분들의 덕분으로 산다.

꽃과 나비가 그러하고

까치와 버드나무가 그러하고

달밤과 벗이 그러하다.

생각하면 가장 좋은 말은

곁을 준다는 말

나도 이제 선선히 곁을 주고 싶다.

그대에게,

그대의 그대에게.

—「시인의 말」 전문

　

"안분(安分)"이 함포고복(含哺鼓腹)과 같은 배에서 나오지 않았음을 얘기할 필요가 있을까? "안분"은 채우는 것이 아니라 나누는 것이다. 자기의 분수(分數)를 알고 그에 만족할 때 우리는 '안분지족'이라는 말을 쓴다. 이때 나누는 대상이 바로 자신의 편안함이다. 따라서 안분지족은 자기에게 주어진 몫으로서의 편안함을 나누는 것에 만족한다는 뜻으로 해석될 수 있다. "덕분"(德分)이 그런 것처럼 말이다. "곁을 준다는 말"도 마찬가지다. 새삼스럽지 않은 이 말이 새삼 대수로운 까닭이 여기에 있다.

그러므로 "나도 이제 선선히 곁을 주고 싶다"는 말로써
드러나는 것은, 나이와 지위의 위계가 아니라 '안(安)'을 나
누어 준 "여러 분들"의 '덕(德)'에 대한 감사의 마음이다. 특
히 어떤 주저함도 없음을 표현하는 "선선히"라는 말에는 시
인이 오랫동안 견지해 온 삶의 태도가 오롯이 담겨 있다.
그의 "곁"에는 아주 오랫동안 자신의 "곁"을 나누어 준 "여
러 분들", 곧 "그대"들에 대한 감사의 태도가 고스란히 들어
있기 때문이다.

　　새 한 마리가 나뭇가지에 앉았다
　　가지가 곁을 주었다
　　아주 조금 휘어청 했다

　　나비가 장다리꽃에 앉았다
　　꽃빛이 잠시 환해졌다
　　곁을 준다는 것은
　　마음의 한 자락을 내준다는 것
　　그만큼 내가 넓어지는 것

　　가지가 휘어청 흔들리면
　　금세 따뜻해지는 눈

　　곁을 주고 싶다는 말
　　마음이 가닿았다는 말

잠깐 내 한 팔을 내주고 싶다는 말

나의 곁, 하고 입술을 달싹이자
내 마음이 따라 휘어청

까치집 곁에 달이 환하다.

—「곁」(『파랑은 어디서 왔나』) 전문

　"새 한 마리"와 "나뭇가지", "나비"와 "장다리꽃", "까치
집"과 "달"은 모두 서로의 "곁"에서 편안함을 나누고 있는
것들이다. 우리는 성선경 시인의 시집 곳곳에서 이러한 짝
패들을 목도할 수 있는데, 그건 상이한 두 존재가 만나 하
나의 짝이 되는 풍경들을 시인이 오랫동안 지켜보았기 때
문일 것이다. 따라서 지금 여기서 그것들의 세목을 일일이
거론할 필요는 없겠다. 중요한 것은 그가 자신의 "곁"을 내
주고자 하는 마음이 그들로부터 받은 "곁"의 "덕분"이라는
사실을 아는 데에 있다. 이는 그가 자연의 숱한 "곁"으로부
터 "휘어청"한 자임을 암시한다.
　그리고 이는 그의 "마음이 가닿았다"는 뜻일 게다. 달리
말해, 그의 "마음"이 한껏 넓어진 것이다. 이렇게 말할 수도
있다. "나의 곁"의 자락은 "하늘과 땅, 부모, 형제"에 미치
고, "그대"를 거쳐 "그대의 그대"에 닿는다고. 하여 이번 시
집에 낯익은 이름들이 자주 출현하는 것은, "퇴직 이후" 그
가 "한 걸음 물러서"(「돋을 볕」)서 자신의 삶을 오래 응시하였

기 때문이거니와, "곁"을 내준 소중한 존재들에게 더욱 두 터운 감사의 마음을 전하기 위함이 틀림없겠다. 그러므로 한층 더 넓어진 그의 "곁"에 제대로 가닿기 위해서는 '나누어진 마음' 자리의 분투를 더 깊이 파고들 필요가 있다. 그의 "적막"에 가닿아야 한다는 뜻이다.

2. 조용한 삼인칭의 시간

어둑해서 막막하지만 아득해서 먹먹할 때가 있다면, 그 건 자연이 선사하는 풍경 너머에서 시간이 물들고 있음을 바라볼 때이다. 예컨대,

> 가을의 단풍을 보려거든 그 자태만
> 볼 게 아니라 그 아득함을 보아야 하리
> 저녁의 노을을 보려거든 그 붉음만
> 볼 게 아니라 그 막막함을 보아야 하리
> 수령이 사백 년이라는 고향 어귀의
> 두 그루 은행나무와
> 두 그루 느티나무가 단풍 들었다
> 아득하게
> 막막하게
> 단풍 들었다
> 저녁노을도 곱게 단풍 들었다
>
> 아버지 가신 지 꼭 일곱 달 만이다.

―「노을에 기대어」 전문

　우선, '단풍 너머의 아득함'과 '노을 너머의 막막함'을 보라. 그리고 "고향 어귀"에 놓인 "수령이 사백 년" 된 나무들에서 "두 그루"의 나무들이 나란히 "단풍" 드는 광경을 보라. 여기에서 놓치지 말아야 할 것이 있다면, 그건 단연 나무들이 "아득하게" "막막하게" 물드는 장면, 곧 "저녁노을도 곱게 단풍" 드는 광경일 것이다. "단풍"의 시간과 "노을"의 시간이 서로의 "결"을 내준 이때가 바로 "아득하게"와 "막막하게"라는 말이 서로 스며 '아득한 막막함'으로 우리를 먹먹하게 할 때이다.

　이때 다른 시간이 틈입한다. "아버지 가신 지 꼭 일곱 달만이다"를 보라. 먼저, "일곱 달"이라는 시간이 "한참"(「한참」)의 시간임을 말해 두어야겠다. 의심나면, "내일 모레면 몰라도 글피는 너무 먼 미래"(「글피」)에 견주어 봐도 좋다. 그 "한참"의 시간 뒤에 그가 마주한 것이 '아득한 막막함'으로 빛나는 "단풍"과 "노을"의 시간이다. 그럼, 지금 그의 빈 "결"은 무슨 빛으로 단풍 드는가? 이를 가늠하기 위해서는 아무래도 "일곱 달"보다 더 "한참"의 시간이 필요할 듯하다. "가장"의 시간이 여기에 해당한다.

　　　가장은 가장자리에 앉는 사람
　　　가운데 자리는 자식에게 식구에게
　　　다 내주고 모서리에 앉는 사람

살 깊은 가운데 토막은 슬그머니

자식들 앞으로 밀어 놓고

가시 살을 발라먹는 사람

나는 이렇게 모서리에 앉아도

너는 그러지 말아라!

슬그머니 모서리로 나앉는 사람

밥 한술 들어서 슬그머니

아이들 밥그릇에 얹어 주는 사람

할 말이 아주 많은 사람

그래도 아무 말도 못 하는 사람

돌아서서 푹푹 한숨 쉬는 사람

늘 가장자리에 앉는 사람

아무도 알아주지 않는 사람

알고 보면 속이 텅 빈 사람

있는 듯 없는 듯 늘 우리 곁

그 자리에 있는 사람

가장 못난 사람

가시 살을 발라먹는 사람.

—「가장」 전문

"가장"의 시간을 가늠하는 일은 연대기가 아니라 "자리"
를 살피는 데에서 시작되는 것이 좋다. 역설적이지만, 위의
시는 "가장"의 "자리"가 "가장자리"임을 아프게 고지한다.
이는 밥상의 "모서리"가 "가시"가 되어 그를 찌르고 있음

을 보여 주기 위함이다. 그렇다, "가장"은 밥상머리에서도 몸과 입이 편하지 않은 사람이다. 이러한 자리 설정은 "가장"의 삶이 신산(辛酸)한 것임을 보여 주기 위함인데, "인생은 맵고 쓰고 짜다, 빈 외양간이 광야 같다, 밥숟가락이 십자가 같다"(「얼룩얼룩」)와 같은 구절은 이를 구체적으로 보여 준다.

허나 "가장"이 "늘 우리 곁/그 자리에 있는 사람"이라는 것도 틀림없는 사실이다. "세상은 늘 너무 이르거나 너무 늦"(「탐매」)기 때문에, 그의 "자리"가 세상의 무게로 "휘어청"은 하겠으나, 그렇다고 그의 "곁"이 옹색한 것은 아니다. 오히려 그 반대일 것이다. 좋은 자리와 맛있는 음식을 "자식에게 식구에게" 나누는 자가 품은 "마음"의 자리가 어찌 좁고 답답할 수 있겠는가? 그의 "마음"의 자리는 그가 내준 자리에 비례한다. 그의 "곁"에 깃들어 산다는 것, 아니 "슬그머니" 그 자리에 선다는 것은 "실속이 없어도"(「다초점 돋보기안경 1」) 좋은 일이다. 아니 그런 것은 없는 것이 낫다. 이는 "곁"을 내주는 자가 가장 먼저 할 일이 자신의 몫을 비우는 것임을 재차 보여 준다. "낡은 안락의자"가 몸소 보여 주는 바도 이것이다.

> 한때 숲이었던 건 잊어야 해
> 한때 나무였다는 건 꼭 잊어야 해
> 이 층 테라스의 늙은이를 안고
> 노을이, 붉은 노을이 되어야 해

한때 사람이었던 건 잊어야 해

한때 가장이었다는 건 꼭 잊어야 해

낡은 가구에 몸을 얹고

흔들, 흔들거리는

그림자가 되어야 해

똑같은 모습의

똑같은 일상들

사방 무늬가 되어야 해

흔들흔들 안락하게

안락한 사방 무늬가

사방 무늬가 되어야 해

한때 숲이었던 건 잊어야 해

한때 나무였다는 건 꼭 잊어야 해

이제는 조용한 삼인칭이 되어야 해.

　　　　　　　　　—「낡은 안락의자」 전문

　시에서 "낡은 안락의자"의 발화와 "이 층 테라스의 늙은
이"의 발화가 겹쳐지는 광경은 아득하다. 두 가지 의미에
서 그렇다. "나무"의 삶을 잊고 "노을"이 되려는 전자의 마
음과 "가장"의 삶을 잊고 "그림자"가 되려는 후자의 마음이
모두 "마디마디 옹이가 지는 일"(「관솔」)이기 때문이다. 전자
가 "나무"였다는 사실을 잊듯, 후자는 "가장"이었다는 사실
을 "꼭" 잊어야 한다. 여기서 우리는 인생의 조락을 대면한
자의 막막함을 본다.

그러나 이런 막막함이 이 시의 요체가 아님은 분명하다. 비록 양자가 지향하는 "사방 무늬"가 "똑같은 모습의/똑같은 일상들"의 흔들리며 반복하는 생을 표상하지만, 그 무늬는 서로의 빈 "곁"을 나누는 자들의 편안함 또한 공유하고 있다. 따라서 요체는 조락한 현재의 생에 대한 회한이 아니라 "사방 무늬"가 되어서라도 서로의 '빈 곁'을 채우려는 마음에 있다. 이번 시집에서 "조용한 삼인칭"으로서의 생에 정좌하겠다는 삶의 태도가 유독 '아득한 막막함'으로 노을 지고 있는 까닭이 여기에서 멀지 않다.

3. 떠나간 마음과 떠나지 못한 마음의 뫼비우스

"곁"을 나누는 짝패 가운데 "꽃"과 "나비"는 각별히 기록될 만하다. 이는 시인이 "곁"에 오래 두고 보아 온 것이기도 하겠지만, 그들이 생의 두 흐름인 격정과 고요의 삶을 대변하기 때문이다. 양자는 상이한 마음에서 발원한 두 개의 삶의 태도를 표상한다.

> 진짜 삶은
> 격정에 있는 것이 아니라 고요에 있다고
> 반쯤 눈을 감고 명상에 든
> 저 꽃을 보라
>
> 사향제비나비가 가 앉는다.
> ─「선정(禪定)」 전문

"진짜 삶은/격정에 있는 것이 아니라 고요에 있다"는 말은 누구의 말인가? 이 말은 마치 "고요"가 "격정"이 사라진 상태라는 착각과 "격정"은 '가짜 삶'이라는 오해를 불러일으킨다. 이런 착각과 오해를 불식하기 위해서 발화자를 찾아 나서는 것은 사소한 일이 아니다. 앞서 보았듯, 발화자의 자리는 그 발화가 어떤 시간의 지층에서 발화되었는지를 가늠할 수 있게 해 주기 때문이다. 추측건대, 그 말은 "꽃"이 아니라 '누군가'에게서 나온 것이다. 그러므로 "꽃"은 그 발화가 옳다는 것을 보여 주지 않는다. 오히려 그러한 발화를 반증하는 사례로 호출되었다고 추정할 수 있다. 왜냐하면, 어떤 삶이 "진짜 삶"이고 어떤 삶이 그렇지 않은지를 판가름할 절대적 척도는 없기 때문이다. "보았다고 다 본 게 아니고/가 보지 않았다고 못 본 게 아니다/그 누구나"(「다산초당」)를 보라. "아프리카 물소처럼 무심하단 말/잘못됐다, 알고 보면 저돌적"(「뿔」)이라는 말도 같은 맥락으로 이해될 수 있다. 그것들은 모두 "애매한 것들"(「여덟 시 사십오 분」)의 영역에 속한다. "반쯤 눈을 감고"는 이러한 상태를 암시하는 것처럼 보인다.

"격정"과 "고요"에 대한 생각에서 분기한 "꽃"과 "사향제비나비"의 관계가 이러하다. "나비"가 "꽃"의 "고요"을 깨뜨리지 않듯, "꽃"은 "나비"의 "격정"을 억압하지 않아야 한다. "꽃"의 입장에서 보면, "곁"을 내준 자의 "고요"는 "나비"에 의해 "휘어청" 하겠으나, 그것이 "명상"을 깨뜨리지 않아야 하는 것과 같은 이치이다. 이는 안과 밖의 경계가 서로 다르지 않기 때문에 가능한 일이다. "격정"과 "고요"는 하나의 뫼비우스의 띠를 이루는 삶의 태도의 두 면이다. 이때 다급한 것은 "옹이"에서 "격정"을 파내는 것이 아니라 그러한 마음 자체를 풀어놓는 것이다. "목메인 11월"이라면 더욱 그렇다.

다시 가면 영영 돌아오지 않을 노래여
그리움 목메이게 마음껏 붉어라
나는 지금껏
돌아가고 싶은 그날이 없어
내 흰 머리칼은 단풍도 들지 않는다.

그렇게 서슬 푸르던 세상의 잎들이
노랗게 빨갛게 물이 들 때
노래도 사랑도 낙엽처럼 다 잊히는
이미 한 해도 다 지난 옛일

이제 내 마음도 한 걸음 뒤로 물러앉는다.

떠나간 마음과 떠나지 못한 마음이
철길처럼 나란해지는 목메인 11월
나는 달의 두건을 쓰고 경건해진다.

찬 이슬에 더 초롱초롱한 별처럼.

—「11월」 전문

 "그렇게 서슬 푸르던 세상의 잎들"이 어느덧 단풍 들어 떨어지듯, "노래도 사랑도" "한 해"와 마찬가지로 "다 지난 옛일"이 되었다는 회한은 무상함을 불러오기 십상이다. 왜 아니겠는가? 모든 이별의 순간들에 우리가 느끼는 회한이 무상하지 않다면, '하현달 아래에서 지는 꽃'(「별리 1」)과 '강을 건넌 뒤 버려진 배'(「별리 2」)와 '바람에 흩어진 구름'(「별리 3」)의 슬픔을 무엇으로 견딜 것인가? 그러나 슬픔을 무상으로 치환하는 일은 막막함에서 아득함을 보는 일과는 다르다. 이러한 구분은 "노을에 기대어" 신산한 삶의 빛을 응시하는 시간이 어떤 함의를 지니는지를 추측하게 한다. 전자에서의 마음은 허무 한 가지이지만, 후자에서의 마음은 그렇지 않기 때문이다.

 후자의 순간에 필요한 것이 바로 "마음도 한 걸음 뒤로 물러앉는" 시간이다. "떠나간 마음과 떠나지 못한 마음"이 나란할 때, 비로소 '막막한 아득함'의 시간이 다가온다. "떠나간 마음"이 승할 때, 생이 휘발했다는 생각도 없지는 않았으리라. 그러한 시간의 마음이 어떠한지는 "영혼의 휘발, 시간의 휘발", "한낮의 휘발, 마음의 휘발"(「몽환」)이 애절하게 보여 주고 있다. 이에 비해 "떠나지 못한 마음"이 승할 때, 「삶, 소서」가 예증하듯, "돌아보면 그 모든 날의 어둠/후회가 밀물 드는 밤"이 틈입하였을 것이다. 그 어느 경우든, 우리에게 요청되는 것은 생에 대한 "경건"한 태도, 곧 생의 이마에 "달의 두건"을 두르는 일일 것이다. "찬 이슬에 더 초롱초롱한 별처럼" 말이다.

그리하여 두 마음은 뫼비우스로 다시 연결된다. 여기에는 서로 다른 두 개의 자리가 있고 그 "곁"에 다른 갈래들이 있다. 하나는 자신의 생에서의 두 마음의 갈래이고, 다른 하나는 서로 다른 생에서의 두 마음의 갈래이다. 전자에서 막막한 건 「다시 뫼비우스의 띠」이나, 후자에서 아득한 건 「네가 청둥오리였을 때 나는 무엇이었을까」이다. 양자는 적막에서 하나가 된다. 먼저,

길은 아직 계속되고 있다

명퇴서를 내고 나서 교감이 된 나와
교감이 되고 나서 명퇴를 한
내 친구와는 얼마나 다르고
또 얼마만큼 같은가?

나는 내가 사륜구동인 줄 착각하지만
여기는 돌, 자갈, 비포장도로

요절한 후배의 추모사를 쓸 때
삶과 죽음은
얼마나 멀고
또 얼마나 가까운가?

다시 오월이 되고
담장 너머로 장미 넝쿨이 꽃을 피우고
올해에는 꼭 끊는다는 담배를
나는 아직도 피우고 있다
길은 어디서 끝나는가?

안과 밖, 어딜 가도 비포장도로
나는 내가 전천후인 줄 착각하지만
길은 비포장, 아직 계속되고 있다
저기! 긴 행렬을 이루고 있는 가로수들

길은 정말 어디서 장렬히 끝나는가?
　　　　　　　　　　—「다시 뫼비우스의 띠」전문

　생의 뫼비우스는 명퇴 이전과 이후의 것일 뿐만 아니라, 서로 다른 방향의 길을 걸어온 "나"와 "친구"의 것이기도 하다. 여기에 관여하는 문제는, 넓게는 "삶과 죽음"이고, 좁게는 "담배"에 관한 것이다. 이것이 인생의 길로 표현될 때 "안과 밖"은 "비포장도로"에서 하나가 된다. 여기서 묻자, 왜 "다시"인가? 그건 "뫼비우스의 띠"가 과거에도 같은 방식으로 존재했기 때문이다. "마주 보던 두 개의 평행선이/문득, 어느 날/좋은 아침, 인사를 하며/궂은 악수로 만나는 일"(「뫼비우스의 띠」,『몽유도원을 사다』)이 그것이다. 그렇다면 그

109

길의 "끝"은 어디인가? "길은 정말 어디서 장렬히 끝나는가?"라는 질문이 막막한 이유는 그러한 관계가 끝나지 않음을 내포하기 때문이다. 대체 이러한 낭패를 어찌할 것인가?

여기서 '낭패(狼狽)'를 다시 볼 필요가 있다. 앞다리가 없는 '낭(狼)'의 곤궁과 뒷다리가 없는 '패(狽)'의 곤궁은 "만나는 일"이 없다면 해결될 수 없다. 서로의 "곁"을 나눌 때, 그들의 곤궁은 배가되지 않고 사라질 것이다. 따라서 길이 "비포장도로"라는 사실과, 거기에서 "궂은 악수"를 나눌 수밖에 없다는 것이 낭패가 아니다. 진짜 낭패는 '낭'과 '패'가 만나서 서로에게 악수해야 한다는 사실을 보지 못하는 데에 있다. 마음이 "다시" "뒤로 물러앉는" 순간이다.

> 사랑초를 옮겨 심고 나는 하염없네
> 화단에는 이미 꽃 진 화초들도
> 아직 피지 않은 화초들도 나란한데
>
> 저기, 지난겨울에 시들어 싹도 틔우지 않은 화분엔 무얼
> 심을까
>
> 네가 날아다니는 것들과 하늘길을 낼 때
> 나는 날지 못하는 뿌리들과 꽃길을 내지
>
> 사랑초를 옮겨 심으며 나는 하염없네
> 이 계절엔 이미 떠난 날개들도

아직 떠나지 못한 날개들도 가득한데

이미 뿌리마저 시들어 싹도 틔우지 않는 화분엔 무엇을
심을까

천둥 천둥 되뇌면 벼락같이 올 것도 같은
네 날개가 차름차름한 청둥오리였을 때
나는 잎이 지고 꽃이 진 빈 화분

저렇게 훌쩍 떠나는 날개가 간결할까?
이렇게 뿌리를 내리는 화분이 간결할까?

사랑초를 옮겨 심고 나는 하염없네
늦어도 늦어도 늦지 않은 봄
사랑초 사랑초 나는 하염없네.
　　　―「네가 청둥오리였을 때 나는 무엇이었을까」 전문

"하염없네"라는 간결한 말은 하염없는 걸까? 그렇지 않
다. 그 이유는 "하염없네"가 "잎이 지고 꽃이 진 빈 화분"의
쓸쓸함에서 온 것이 아니라는 데에 있다. 그것은 '너'와 "나"
의 다른 길이 뫼비우스의 띠라는 사실에서 온다. 즉 "훌쩍
떠나는 날개"가 그리는 천상의 "하늘길"과 "뿌리를 내리는
화분"의 지상의 "꽃길"이 하나의 짝패라는 사실. 이와 더불
어, 각각의 내부에는 "떠나지 못한 날개"와 "뿌리마저 시들

어 싹도 틔우지 않는 화분"의 막막함이 또 다른 짝패를 이루고 있다. "곁"을 나누고 있다고 해도 무방하다.

"잎이 지고 꽃이 진 빈 화분"에 "사랑초를 옮겨 심"는 자의 마음이 이중적으로 복합적인 까닭이 여기에 있다. 내적으로는 "지난겨울"과 현재의 사이, 외적으로는 "꽃길"과 "하늘길" 사이의 짝패. 이는 "비포장도로"에서 "궂은 악수"를 나누는 자의 마음과 크게 다르지 않은데, "늦어도 늦어도 늦지 않은 봄"에서의 "늦어도"의 반복과 "사랑초 사랑초"를 두 번 부르는 자의 마음이 이와 유사하다. 더욱 흥미로운 것은, 이름과 실제 사이에서도 뫼비우스의 띠의 안팎의 관계가 성립하는 것처럼 보인다는 점이다. "나비, 나비 부르면/나비는 꽃잎같이 팔랑거린다"(「너라는 이름의 무게」)도 그러하지만, 「해음」 시편들은 이름을 통해 과거의 실제와 현재의 마음을 연결한다는 점에서 '언어의 뫼비우스의 띠'라고 칭할 만하다.

"하염없네"는 바로 이러한 관계를 인식한 자의 반응이다. 막막함에 대한 자각이 무상함을 불러오듯, 아득함에 대한 자각은 먹먹함을 불러온다. 여기에는 두 개의 마음이 서로의 "곁"에 있다. "하염없네"는 "천상길"과 "꽃길"의 안팎에서 시작하는 삶과 죽음의 뫼비우스의 띠라고 할 만하다. 어쩌면 "하염없네"는 그러한 관계 속에서의 '나의 삶'이 끝이 없음을 암시하는 말일지도 모르겠다. 여하튼, "적막"이 바로 이러한 하염없음의 세계의 개진이라는 점은 분명하다. 이로써 우리는 "적막"의 세계에 당도한다. 에둘러 온 시간이 짧지 않기에, 내처 "적막 상점"으로 가는 것이 좋겠다.

4. 적막 상점에서 먼 손을 잡고

내 꿈은 잠시 조는 것
점심 전이거나 저녁 전
아무 생각 없이 잠시 조는 것
고향 뒷산의 소나무를 생각하거나
오래전 내가 올랐던 배바위를 생각하며
아주 잠깐 조는 것
책을 읽거나
글을 쓰거나
기도를 하지 않고
내 꿈은 잠시 조는 것
점심 전이거나 저녁 전
아무 생각 없이 잠시 조는 것
어제 만났던 사람의 생각을 비우고
내일 해야 할 일들을 모두 잊고서
아주 잠깐 조는 것
나의 하느님도 잠시 한눈팔 시간을 좀 줘야지
저 풍경들도 잠시 놓여나 적막을 좀 팔아야지
적막, 적막 내 꿈은 잠시 조는 것
점심 전이거나 저녁 전
아무 생각 없이 잠시 조는 것.

언제부터 "적막 상점"이 문을 열었는지는 알 길이 없다. 다만, "퇴직 이후"의 시기, 그러니까 "문득 한세상 다 보고 왔다는 생각"(「고운봉」)이 들 무렵으로 추정될 뿐이다. 하기야 시기가 무슨 대수겠는가. "손님은 아니 오고 달빛만 기울어" 가는 "상점"에서 우리가 사야 할 건 "적막"이지 않은가?(「적막 상점 1」) 그렇다면, "저 풍경들도 잠시 놓여나 적막을 좀 팔아야지"를 봐야겠다. 이 구절은 "적막 상점"에서 무엇을 파는지를 명시적으로 보여 준다. "잠시 놓여나"에 주목하건대, 그건 분주(奔走)의 상황에서 벗어난 상태일 것이다. 예컨대, 망중한(忙中閑)과 같은 것. 일상생활의 일들이라면 독서와 쓰기와 기도 등이 여기에 해당하고, 사념 상태의 일들이라면 과거의 기억과 미래의 계획 등이 이에 해당할 것이다. 이렇게 "적막"은 우리의 몸과 마음을 구속하는 것으로부터의 해방을 의미한다. 시인은 그것을 "잠시 조는 것"으로 표현하고 있다.

여기에 뒤따르는 질문은 "풍경들"은 과연 무엇으로부터 벗어나는가이다. "풍경들"은 그 자체로 적막하거나 분주할 수 없기 때문이다. 앞의 행, "나의 하느님도 잠시 한눈팔 시간을 좀 줘야지"와의 의미적 연관을 고려할 때, 그것은 바라보는 자의 시선, 관심, 요구 등으로부터의 벗어남으로 추정된다. 이는 "적막 상점"이 '적막한 풍경'을 파는 곳이 아니라, 그것을 바라보는 자의 "적막"을 파는 곳임을 암시한다.

그러니까 "풍경"이 시선의 분주에서 놓여난 상태가 "적막"
인 셈이다. 역으로, "풍경이 시선을 끌어당겨"(「적막 상점 12」)
붙잡아 둘 수도 있으므로, "풍경"의 입장에서 "적막"은 자
기를 응시하는 자를 놓아주는 것이 된다. 이상한 말이지만,
"적막 상점"은 판매자가 자기의 "적막"을 구매하는 곳이다.

앞서 "아무 생각 없이 잠시 조는 것"은 "적막 상점"이 무
엇을 위한 상점인지를 요약한다고 말한 바 있다. 여기서 신
기한 것은 "아무 생각"에도 예외가 되는 생각들이 존재한
다는 사실이다. "고향 뒷산의 소나무를 생각하거나/오래전
내가 올랐던 배바위를 생각하며"에서 보듯, "고향 뒷산의
소나무"와 "내가 올랐던 배바위"는 잊어야 할 "아무 생각"
에서 제외되고 있는 것이다. 과거의 특정 시점에 터 잡고
있는 생각들이 배제되지 않을 뿐만 아니라 "아주 잠깐 조
는 것"에 이바지하고 있다는 말이다. 이러한 예외 지점들은
"적막 상점"에서 시인이 지향하는 세계가 어디인지를 추정
케 한다는 점에서 의미심장하다. 과거로의 귀환, 곧 고향으
로의 회귀가 그것인가?

내 꿈은 단순해, 지게가 없는 삶
비루한 육 남매 맏이
한 번도 지게를 벗어 본 일이 없어
땅마지기도 없는 집 장손
내 등뼈에 붙어서 태어난 지게
정말 내 꿈은 단순해, 지게가 없는 삶

사고 싶네, 지게 없이 척 걸리는 무지개

알 수 없는 무지개는 어디에서 사는가?

색깔도 알록달록 일곱 빛깔로

알 수 없는 무지개 어디서 살까?

내 꿈은 단순해, 지게가 없는 삶

내 등뼈에 붙어서 태어난 지게

한 번도 벗어 본 일이 없는 지게

정말 내 꿈은 단순해, 지게가 없는 삶

무지개, 무지개, 무지개

색깔도 알록달록 일곱 빛깔로

무지개는 어디에서 사는가?

나는 한 번도 지게를 벗어 본 일이 없어

잘 모르는 무지개.

—「적막 상점 5」 전문

"지게가 없는 삶"에 대한 동경은 "내 꿈은 잠시 조는 것"
과 쌍을 이룬다. 그러나 지나간 과거에 대한 마음과 태도는
단일하지 않다. "나는 한 번도 지게를 벗어 본 일이 없어"가
실증하듯, 고된 삶에서 벗어날 수 없던 "가장"의 처지가 선
연히 드러나기 때문이다. "무지개"를 구매하려는 열망은 이
를 역으로 입증한다. 마치 "아흔아홉 고개"를 넘은 사람이
들뜬 마음으로 "나는 이제 어떤 취미를 사도 돼"라고 외치
는 것처럼 말이다(「적막 상점 3」). 그렇다면 "무지개"는 "적막
상점"의 판매 목록 가운데 하나인가?

그렇지는 않다. 「해음」 연작에 따르면 "무지개"는 '무-지게'일 확률이 높다. 또한 "적막 상점"에서 판매하는 것이 "적막"이라는 사실도 상기할 필요가 있다. 이러한 예들은 "지게 없이 척 걸리는 무지개"를 구매하려는 욕망이, 실제로 구매할 수 없기 때문에 증대되고 있음을 보여 준다. 마지막 행의 "잘 모르는 무지개"는 이를 방증한다. 이렇듯 막막함이 오랜 시간을 거쳐 아득해질 때, 우리는 "내 그림자를 내가 밟고 간다"(「적막 상점 6」)의 하염없음을 목도하게 된다. 말하자면, "적막 상점"은 그러한 하염없음으로서의 "적막"을 판매하는 곳이다. 이런 의미에서 그곳이야말로 일생이 "막막하게" "아득하게" 진열되어 있는 "밤의 방"(「적막 상점 19」)일지도 모르겠다. 그곳에서 다음과 같은 "영혼의 메아리"가 울려 퍼져도 기이하게 생각할 필요가 없다는 뜻이다.

한 생각의 목숨이 끝끝내 다하면
돌이 되어 영겁에서 빛난다
항아리에 담긴 한 줌의 쌀
나는 종종 영혼의 메아리를 듣느니
귀를 곤추세우면 눈앞에의
부도탑이 종소리를 내곤 한다
낡은 구두의 뒷굽처럼
내 얼마나 걸어왔나?
바다가 없는 마을에서 태어나
장가를 들고 아이를 낳고도

바다가 그리워 우는 사내들처럼
책장에 꽂힌 책들은
늙은 활자들을 껴안고
행간 속에서 울고 있다
한 생각의 목숨이 끝끝내 다하면
돌이 되어 영겁에서 빛난다
항아리에 담긴 한 줌의 쌀에서
종종 나는 영혼의 메아리를 듣느니.

—「적막 상점 18」 전문

"항아리에 담긴 한 줌의 쌀"이 들려주는 이야기는 무엇인가? 그건 고단하고 막막한 세상살이에 지친 사람들이 한 끼 밥상으로 연명하면서 내쉬었던 한숨 같은 것이었으리라. "세상 사는 일이란/밥상을 차려 내는 것/고봉으로 한 상 차려 내는 것"(「적막 상점 11」)이란 말이 보여 주듯, 세상살이의 고달픔과 밥상을 차리는 일의 막막함은 한배이기 때문이다. 요컨대, 시인은 과거의 시간에 내장되어 있던 세상살이의 막막함과 아득함을 "영혼의 메아리"의 형태로 듣고 있는 것이다. 이것은 비단 "쌀"과 "밥상"에만 해당되는 얘기는 아니다. "돌"도 그러하다. "부도탑"이 "한 생각의 목숨이 끝끝내 다"한 것이라면 그 소리가 들리지 않을 이유가 없다. 한평생을 묵묵히 걸어 돌처럼 딱딱해진 '살'도 마찬가지다. "낡은 구두의 뒷굽"처럼, '살'은 "이미 아흔아홉 고개를 넘었으니까/이미 아흔아홉 고비를 넘었으니까"(「적막 상점 3」). "호흡처럼 삼켰다가 내뿜는 것"(「적막 상점 7」)에 의해 굳어진 속마음은 왜 아니겠는가?

그리하여 막막함이 "아득하게" 퍼지는 때가 온다. "책장에 꽂힌 책들은/늙은 활자들을 껴안고/행간 속에서 울고 있다"는 바로 그 순간을 고지한다. "행간"이란 말이 더욱 아득하게 들리는 것은 까닭이 없지 않다. 무엇보다 "행간"은 "늙은 활자"들의 "곁"이기 때문이다. 그림자처럼 자신의 생을 내준 "가장"이 "늙은 활자"들을 보고 눈물 흘리는 순간은 하염없다. "책"과 "나"는 그렇게 서로의 "곁"을 내준 사이임에 틀림없을 것이다. 마치 '부부지간'처럼 말이다. 하여 우리가 그의 "적막 상점"의 뒤안길에서 다음과 같은 짝패를 만나도 좋으리라.

나는 나만의 절벽으로
그대는 그대만의 물결로
가닿고 싶다는 생각의 끝
수평선은 저만치 멀어
삼백예순날 철썩이는 파도

오늘도 어제처럼 등댓불이 켜지고

왼손이 오른손을 가만히 쓰다듬다
오른손이 왼손을 가만히 쓰다듬고

나는 나만의 절벽으로

그대는 그대만의 물결로

가닿고 싶다는 생각의 끝이

삼백예순날 철썩거려

조금은 쓸쓸한 오늘의 가슴께는

수평선처럼 저만치 멀고

부부는 먼 손을 잡아 끌어당겨

하루의 해를 걷는다

저녁노을을 빈한의 이불로 삼아

지친 어깨를 가만히 묻는다.

─「적막 상점 15」 전문

　"생각의 끝/수평선"에 가닿고자 하는 두 개의 방식이 있다. "절벽"의 길과 "물결"의 길이. 둘은 왜 같지 않은가? 그건 "내가 결국 나일 수밖에 없"기 때문이다(「적막 상점 6」). "나"는 "모든 책임과 영광이 나의 것이기 때문"(같은 시)임을 아는 한에서 '가장자리의 가장'이다. 따라서 "수평선"은 언제나 멀리 있다. 막막한 일이다.

　막막함이 노을에 기대어 아득함으로 전이되는 광경은 하염없다. "절벽"이 "물결"에게 자신의 "곁"을 어떻게 내주는지를 보라. 침식(浸蝕). 따라서 "삼백예순날 철썩이는 파도" 소리가 자기의 "곁"을 내준 자의 "영혼의 메아리"로 들리는 것도 그럴 만하다. 그건 "저녁노을"이 "빈한의 이불"이기 때문이 아니라, "지친 어깨"를 그곳에 묻어야 하기 때문이다. "절벽"은 그렇게 자신의 자리에 묻힌다. 그러니 이 해안가의 풍경은 참으로 적막하다. 서로의 "곁"에서 "먼 손"을 잡고 조용히 침식(寢息)하는 두 존재가 "저녁노을"에 물들어 곱게 단풍들고 있는데, 그것이 어찌 아득하고 적막하지 않겠는가? 그럴 수 있는가?

*

하염없는 아름다움이다. 그러니 오늘 그대의 곁, 그 적막에 기대어 본다. 이 모든 게 "곁을 준다는 말" 덕분이다. 고맙다.